Joris Karl Huysmans

par le Révérend Père Dom Besse

à la Librairie de l'Art Catholique, 6, Place Saint-Sulpice, Paris. M.cm.xvij.

ELOGE DE JORIS KARL HUYSMANS, PRONONCE A BRUXELLES LE 28 MAI 1907.

292

JORIS KARL HUYSMANS

PAR LE REVEREND PERE DOM BESSE

A L'ART CATHOLIQUE
6 PLACE ST-SULPICE
PARIS

L y a quinze jours, on remarquait au 31 de la rue Saint-Placide, à Paris, un va-et-vient inaccoutumé. Des hommes de lettres, des personnes du monde, des prêtres, des religieux gravissent l'escalier et montent au cinquième étage. Je vous invite à les suivre. Vous pénétrez dans un appartement qui a, dès le vestibule, l'aspect grave de la demeure d'un homme laborieux. La porte, qui s'ouvre, vous met en face d'une bibliothèque. La salle à manger dans laquelle vous entrez, sur la droite, a les murailles tapissées de volumes, rangés avec un ordre parfait. L'état de leur reliure témoigne du respect dont leur maître les entoure. Ce sont des amis qu'il consulte fréquemment. Vous y voyez ses écrivains préférés. La littérature, qui y est largement représentée, n'est pas la partie la plus riche. Les écrivains ascétiques et mystiques abondent. Il y a des collections historiques et archéologiques, capables d'exciter l'envie des érudits eux-mêmes. Les livres rares, que recherche le bibliophile, ne sont pas absents. Cette bibliothèque vous fait déjà connaître celui qui a vécu et travaillé dans cet appartement.

Voulez-vous faire avec lui connaissance plus intime ? Examinez les objets d'art suspendus aux surfaces que leur abandonnent les livres. Ce ne sont partout que débris du moyen-âge. Ici, une vierge en bois ; là, un encensoir de cuivre, noirci par le temps et la fumée ; à côté, un Saint-Denys, en pierre, qui porte sa tête dans les mains, puis, des reliquaires, un crucifix ; on dirait un musée formé par un collectionneur médiéviste. Ces bibelots ne sont pas des ornements vulgaires. Celui qui les a réunis les traite comme les souvenirs pieux d'une époque et d'une patrie aimée. C'est un homme du moyen âge, égaré en nos temps.

Le coin de Paris, qui se déroule, devant sa fenêtre, par-dessus les toits et à travers les cheminées, lui montre à l'horizon la poivrière du clocher de Saint-Germain. Il en vient mille voix du passé. Les grosses tours de Saint-Sulpice, malgré leur lourdeur ancien régime, ne lui déplaisent pas. Les maisons entassées les unes sur les autres ne sauraient empêcher les souvenirs des grands événements religieux, accomplis sur le sol qu'elles recouvrent, d'arriver jusqu'à son esprit. Cet homme communiait à l'âme des siècles qui ne sont plus.

Avec quel cœur il rendait les vibrations de cette âme vénérée ? Les murs de cette salle vous le diraient, si Dieu leur donnait une langue pour se faire l'écho des propos entendus. Les amis, qui prenaient part à son repas frugal, en garderont le souvenir longtemps. Les réunions du dimanche soir avaient un charme inexprimable. On y rencontrait Lucien Descaves, qui eut pour le maître une si affectueuse vénération, l'abbé Mugnier, Forain, si pétillant de verve et d'esprit, Jules Bois, le bon Landry et le fidèle Girard. Parfois un ami seul était à côté du maître et dans des entretiens intimes, qu'il était heureux de prolonger, le soir, il livrait le meilleur de son âme. C'était un écho charmant et simple de ses lectures et de ses réflexions.

6

Tout cela, hélas ! est fini. Le cabinet de travail ne recevra plus le merveilleux artiste. Nous ne le verrons plus assis sur sa chaise devant sa table. Il ne lira plus ; il n'écrira plus. Sa main n'ira plus chercher les volumes de la bibliothèque. Les livres récemment parus, les périodiques et les journaux l'attendront en vain, accumulés auprès de son siège. Le canapé vert et les quelques fauteuils resteront inoccupés. Les amis ne viendront plus s'y asseoir pour causer avec le maître.

La chambre où il prenait chaque nuit son repos et où il a tant souffert garde sa dépouille mortelle. Elle est là, sur son lit, réduite presque à rien par des mois de torture. Vous voyez son crâne couvert d'une peau jaunie, enfoncé sous les plis d'un capuchon. Une tunique et un scapulaire de moine enveloppent son corps. Il a sur la poitrine un crucifix et des reliques ; les images du vieux temps, qu'il préférait, sont autour de lui. Il apparaît dans la mort ce qu'il fut pendant les dernières années de sa vie, le moine laïc, l'oblat de Saint-Benoît. La chambre a cet air de sanctuaire du moyen âge qu'il aimait à lui donner.

Joris Karl Huysmans, oblat de Saint-Benoît, repose pour toujours. Demain, une foule recueillie va le conduire au cimetière Montparnasse, où il attendra la résurrection des corps. Elle se compose d'hommes appartenant à toutes les classes. Ce cortège funèbre ne ressemble en rien à celui des écrivains qui ont eu quelque célébrité. C'est à l'église de Notre-Dame des Champs que la différence s'affirme. Si l'on excepte certaines personnes amenées par les convenances ou la curiosité, tous les assistants savent prier et ils prient pour celui qu'ils

7

accompagnent au tombeau. Leur prière a un accent de gratitude qui doit toucher le cœur de Dieu. Parmi ces hommes et ces femmes, ces prêtres et ces religieux, il n'en est guère à qui Huysmans n'ait, un jour ou l'autre, fait du bien. Que de cœurs, opprimés par la souffrance morale ou physique, ont trouvé dans la lecture de ses livres, avec le secret providentiel de la douleur, la force de porter courageusement la croix. Qui donc n'a pas eu besoin de recevoir cette leçon ? Qui l'a reçue n'oublie jamais celui par qui Dieu l'a donnée.

On constate, en assistant à ce service funèbre, la grandeur et l'utilité de l'œuvre dernière de Huysmans. C'est une œuvre profondément religieuse.

Lorsque vous désirez vous rendre compte des idées religieuses et des sentiments d'un écrivain, vous cherchez d'instinct les sources auxquelles il les a puisés. C'est le moyen le plus simple et le plus sûr. Ces sources sont d'ordinaire placées pour lui dans l'intelligence et dans le cœur de quelques prêtres. C'est, en effet, aux prêtres que les laïques vont demander la pensée chrétienne. Ils ont, dans l'Eglise, mission de la leur fournir. Ce sont les maîtres ès science de la religion. Huysmans se conforma à cette disposition de la Providence. Quiconque voudra se faire une idée complète de son œuvre devra chercher à connaître les hommes d'Eglise qu'il fréquenta; il saura par là même l'école religieuse dont il fut, j'allais dire le disciple, mais c'est un terme qui ne saurait lui convenir. Il entra en pleine communion d'esprit avec ceux qu'il rencontra sur son chemin et dont il sut faire les meilleurs de ses amis et ses confidents intimes, sans cesser néanmoins de rester pleinement lui-même.

On m'excusera, s'il m'arrive de laisser un peu trop en évidence ma personne. Je ne veux être ici qu'un témoin.

C'est en 1894, au printemps, que je vis Huysmans pour la première fois. Un de ses jeunes amis, Gustave Boucher, qui fit une retraite à Ligugé et nous revint peu après à Saint-Wandrille, me servit d'introducteur. Il me fallut monter au cinquième étage du n° 11 de la rue de Sèvres. Huysmans occupait sous les toits un tout petit appartement, une garçonnière, dont les cloisons disparaissaient derrière les livres et les bibelots pieux. La rude ascension d'un cinquième ne le gênait pas. Une fois sur ces hauteurs, il dominait la rue, les hommes et les maisons. Le bruit ne l'atteignait guère. Il avait une solitude pour vivre paisible, après la sortie du ministère de l'Intérieur. Je le vois encore avec son sourire bon et accueillant, son geste qui mettait tout de suite à l'aise. Le chat, son compagnon inséparable, se tenait en observation dans un coin. Le manuscrit d'*En route* attendait sur la table d'être envoyé à l'imprimeur. C'est vous dire que l'auteur était converti depuis quelque temps.

Vous avez tous présent à l'esprit le magnifique tableau d'âme que le puissant artiste a peint dans ce livre. Combien de convertis s'y sont reconnus ? Cette œuvre de Huysmans est extraordinairement vécue. Il s'en dégage une impression de sincérité inimitable. Ceux qui ont élevé des doutes sur sa conversion ne l'ont jamais lue ; ou, s'il leur est arrivé de la lire, ils n'y ont rien

9

compris. Certains passages ont pu paraître assez osés. Un ecclésiastique, supérieur d'un collège, lui en fit un jour la remarque. « J'hésiterais peut-être aujourd'hui à les écrire, lui répondit l'auteur avec sa franchise habituelle. Mais il faut l'avouer, il serait fâcheux de les faire disparaître. Ils témoignent de la vérité du livre. C'est parce qu'il est vrai qu'il a sur les esprits une portée religieuse. » Huysmans avait raison. L'expérience en a été faite.

Mais revenons à lui. Les scènes décrites dans *En route* ont eu pour théâtre l'abbaye cistercienne d'Igny. Il y trouva, au milieu de moines austères, un saint prêtre, qui l'aida à laver son âme de la fange du péché. Ce fut un travail difficile. Mais, quand tout fut achevé, il eut le cœur en paix pour toujours. Il se sentit l'ami de Dieu. Qui donc lui avait indiqué cet hôpital des âmes pécheresses ? Vous ne vous en douteriez guère ; ce fut un mauvais prêtre, dont il fit la connaissance à l'époque où il s'occupait de satanisme. Ce misérable habitait la ville de Lyon, où le Seigneur se plaît à conserver, comme en un musée, un spécimen de toutes les hérésies qui, au cours des siècles, ont pu sourdre de l'orgueil humain. Il avait expérimenté lui-même toutes les horreurs du satanisme. On trouvait dans sa vie des faits tels que ceux racontés par les témoins de certains procès de magie au moyen âge. Quelques dossiers des archives de la Bastille gardent les preuves d'ignominies semblables. L'abbé B... se rattachait à la secte de Michel Ventras. Entre autres manies sacrilèges, il avait celle de conférer un sacerdoce ridicule à des femmes, qui le prenaient au sérieux. Il eut la pensée de rentrer en grâce avec le Ciel. Rome exigea de lui la confession écrite de tous ses méfaits. Huysmans en possédait une copie. D'autres documents lui vinrent de ce malheureux et servirent à la rédaction de *Là-Bas*. N'allez point croire que Huysmans se soit personnellement associé à ces odieux mystères de l'occultisme, dont il a évoqué les scènes avec une force saisissante. Le satanisme piqua sa curiosité. Mais ce fut pour peu de temps. Il l'étudia juste assez pour se convaincre de l'existence d'esprits supérieurs à l'homme. Cette conviction l'achemina vers la pensée de Dieu et marqua la première étape de sa conversion. L'ecclésiastique dévoyé, dont vous me permettrez de taire le nom, bien qu'il soit mort depuis quelques années, respecta cette orientation nouvelle de son intelligence et ne fut pas étranger à son idée de retraite à la Trappe. Certains traits de l'abbé Gévresin peuvent s'appliquer à lui. Il n'a rien toutefois de la physionomie de ce personnage. L'artiste s'est inspiré d'un vénérable vieillard, qu'il voyait tous les jours se rendre à Saint-Sulpice pour célébrer la messe.

Huysmans profita en ces circonstances de la direction prudente de Monsieur l'abbé Mugnier; l'influence de ce prêtre distingué fut décisive sur son esprit. C'est elle qui détermina le voyage à la Trappe. On ne peut séparer son nom de la conversion de Huysmans. Il eut peu d'amis aussi dévoués. L'abbé, comme il aimait à dire, le mit au courant de bien des choses. Personne ne s'est employé avec autant de zèle à dissiper les préventions que l'auteur d'*En Route* eut à supporter. Mais son vrai soutien, on pourrait même dire, son père spirituel, fut M. l'abbé

11

Ferret, vicaire de Saint-Sulpice. C'était un prêtre tout court, dévoué corps et âme à Dieu et à son ministère. N'ayant point de dogmes en littérature, il ne fut gêné avec son pénitent par aucun préjugé. On ne saurait imaginer les délicatesses et la profondeur de son affection. Huysmans, qui le connut après son retour de la Trappe d'Igny, lui dut beaucoup. Il aida le converti dans ses premières relations avec Dieu et sut lui communiquer la piété confiante et simple, qui fut la sienne. Huysmans, qui dans l'intimité avait la simplicité et la candeur d'un enfant, avait besoin d'un prêtre de cette trempe. Comme il l'aima ! Son souvenir ne le quitta plus. Dans les derniers jours de sa vie, parlant d'un prêtre dont le dévouement sacerdotal lui faisait grand bien, « c'est un autre abbé Ferret », disait-il.

L'abbé Ferret montra tout ce qu'il avait au cœur de dévouement et de bonté, pendant la tempête de soupçons injurieux qui suivit la publication d'*En Route*. Huysmans s'attendait à tout. Il eut cependant des journées pénibles à traverser. Les critiques ne le troublaient pas trop. Il savait même apprécier le talent de ceux qui l'attaquaient avec esprit et compétence. Les grognements des pharisiens le laissaient calme. Mais les insinuations perfides des hommes qui, sans le connaître, le présentaient au public comme un marchand de littérature, se faisant une réclame de la religion, lui causaient une peine profonde. Quelques-uns des nôtres, j'ai honte de le rappeler, poussèrent la sottise jusqu'à le comparer à Léo Taxil. Les ennemis de l'Eglise ne s'y trompaient pas, eux. On savait à quoi s'en tenir au ministère de

12

l'Intérieur, où il remplissait les fonctions de sous-chef de bureau.

Ah! si Huysmans eût été un charlatan de la plume, qui nous eût flattés en caricaturant à tort et à travers sans esprit et sans art nos adversaires, son tirage eût été énorme. S'il avait eu le tempérament du prédicateur, hanté par le désir de verser sur les crânes des vérités du haut d'une chaire, s'il eût aspiré au rôle d'un Révérend Père laïque, on ne lui aurait ménagé ni les applaudissements ni les succès.

Il s'est contenté de la mission modeste de l'écrivain, qui vit de toutes ses forces une vérité et la rayonne autour de lui par les moyens en son pouvoir. Flatter le lecteur pour l'allécher n'est jamais entré dans ses vues. Il a préféré servir aux catholiques, ses frères, des vérités âpres; il l'a fait avec talent. Mais le talent n'assaisonne pas le vrai de manière à ce qu'il satisfasse tous les goûts. En somme, les catholiques se montrèrent, en très grand nombre du moins, peu accueillants pour le nouveau converti. Ces défiances devaient tôt ou tard rendre à sa sincérité un témoignage éclatant. Elles n'en furent pas moins pénibles au début. L'atmosphère, qu'elles créaient autour de l'écrivain, devenait parfois insupportable. L'abbé Ferret escaladait alors le cinquième du 11 de la rue de Sèvres et, par son amitié si franche et ses sentiments si chrétiens, il rendait quelque courage à celui qui lui livrait son âme. Il eut à renouveler fréquemment ce service de charité clairvoyante.

Le prêtre eut, lui aussi, ses heures de doute. « Ces soupçons seraient-ils fondés, par hasard? Si j'étais moi-même victime d'une illusion ? » Il se tournait alors vers Dieu et lui demandait de l'éclairer. Le Ciel exauça sa prière. Un inconnu se présenta à son confessionnal un jour où ces inquiétudes l'agitaient plus que de coutume. Le pénitent vida sa conscience; ce fut une opération longue et pénible; il avait, depuis longtemps et pour cause, perdu l'habitude de se confesser. Le nettoyage fini, le prêtre chercha à discerner les circonstances dans lesquelles s'était effectué ce retour à Dieu. « La lecture d'*En Route* m'a profondément remué, déclara le pénitent; tel est le point de départ de ma conversion. » Un aveu semblable, fait par un autre pécheur repentant, dissipa pour toujours les scrupules de l'abbé Ferret. Huysmans, qui en fut averti, trouva dans cette double constatation la force de supporter chrétiennement l'épreuve que Dieu lui ménageait.

Ses conversions opérées par la lecture d'*En Route* ne se firent pas attendre. Elles furent même assez nombreuses. Dieu eut la malice — il me permettra bien de lui prêter ce sentiment de l'humaine nature, — de les faire enregistrer par des hommes prévenus contre l'auteur. Un vénérable prêtre, qui se lamentait sur l'imprudence des Bénédictins, assez osés pour accepter Huysmans autour de leur abbaye de Ligugé, faisait part de ses craintes à un religieux de ce monastère. Celui-ci savait à quoi s'en tenir. « On nous remerciera un jour, répliqua-t-il, de ce que nous faisons pour cet écrivain. » Pour appuyer ces prévisions, il parla du bien fait par la lecture de ses ouvrages. Son interlocuteur avait eu lui-même à le constater. Chose déconcertante pour lui ! les passages qui lui répugnaient le plus étaient juste ceux qui produisaient dans les âmes l'impression la plus heureuse. Le temps, du reste, s'est chargé de dissiper ses préventions. Il est devenu un ami et un admirateur de celui qu'il ne connaissait pas encore. Combien d'autres ont évolué de la même manière et pour les mêmes raisons ? La sincérité d'un écrivain finit toujours par s'imposer.

Je reviens à l'abbé Ferret. Huysmans ne le conserva pas longtemps. Il dut rentrer en Bourgogne au sein de sa famille; un mal impitoyable le minait. Son pénitent eut pour lui dans ces circonstances douloureuses le dévouement et la tendresse d'un fils. Il alla le voir, il le soigna, il réclama pour lui des prières de tous côtés, et, quand la mort eut fait son œuvre, il lui continua son souvenir et ses oraisons. Les lettres, dans lesquelles il fait part à d'autres de sa douleur filiale, font le plus grand honneur à la noblesse de ses sentiments.

C'est au milieu des Trappistes d'Igny que Huysmans fit sa retraite de conversion. Il ne passa pas dans leur maison comme un étranger. Les Pères, qu'il aborda, le Père abbé surtout, Mgr Marre, aujourd'hui supérieur général de l'ordre de Cîteaux, eurent pour lui un attachement inaltérable. Il les traita de son côté en amis. Un hôte de l'abbaye, dont les conversations lui furent de quelque profit, M. Rivière, ne lui fournit pas seulement le type de l'un des personnages les plus sympathiques d'*En Route ;* il y eut entre eux des relations d'une cordialité fraternelle. L'oblat d'Igny put, malgré son âge, accompagner jusqu'au cimetière l'oblat de Ligugé.

15

Ce séjour à la Trappe remua toute l'âme de Huysmans. La vie austère et crucifiée, dont les religieux lui offraient le spectacle, répondait à un idéal personnel dont il n'avait pas encore eu conscience. Le problème de la douleur, qui devait tant l'occuper, se précisa devant son intelligence. Il commença à entrevoir sa solution. Les Trappistes restèrent toujours à ses yeux, avec les Carmélites et les Clarisses, les héros du catholicisme ; par leurs souffrances volontaires et leurs longues oraisons, ils jouaient le rôle de paratonnerres mystiques. Au moyen âge, disait-il, on assainissait moralement les quartiers infâmes des cités en ouvrant quelques-uns de ces laboratoires du sacrifice. Un fait contemporain excitait son admiration et venait fort à propos confirmer sa théorie : la persécution s'est arrêtée devant la clôture d'un certain nombre de monastères dont les habitants s'exercent ainsi à la pénitence. N'est-ce pas un effet de la bonté puissante de Dieu qui épargne ce monde misérable, en lui laissant malgré tout des intercesseurs écoutés ?

Cette vie d'immolation aurait peut-être attiré Huysmans, s'il avait joui d'une santé plus robuste. Mais comment y songer, même en un rêve d'avenir, avec un corps si frêle ? Son âme avait, au reste, des aspirations que la Trappe n'aurait jamais pu satisfaire. L'art lui était indispensable pour aller à Dieu. On le voit par les diverses phases de sa conversion. C'est un élément dont il ne peut se passer. Quand, par hasard, il vient à lui manquer, il n'y tient pas ; la douleur de cette privation éclate en violences, qui sous sa plume se transforment en élans merveilleux. Néanmoins le spectacle de la vie cistercienne ne quitta guère sa mémoire et son cœur, après son retour à Paris, et lui laissait entrevoir un autre idéal de vie, dont son tempérament physique et moral s'accommoderait mieux. Il en eut la sensation très forte dans la chapelle des Bénédictines de la rue Monsieur, pendant cette cérémonie de profession dont un chapitre d'*En Route* conserve le tableau saisissant de vérité et de piété. Sa situation personnelle ne lui laissait pas le moyen de le suivre de plus près. Il lui fallait vivre d'abord, et pour cela continuer son travail journalier au ministère de l'Intérieur, en attendant la retraite. Il put néanmoins mener à Paris, sous la conduite affectueuse et prudente de M. Ferret, une existence chrétienne, communier souvent, assister aux offices. La fréquentation de certaines églises et l'assistance aux cérémonies ne furent pas sans le heurter. Vous avez dû retrouver en plus d'une page d'*En Route* et de la *Cathédrale* l'impression toute fraîche de ces chocs. Cela lui valut, avec des critiques amères et d'inusables défiances, beaucoup de sympathie. Il n'était pas seul à pâtir de quelques manifestations étroites d'une piété, qui ne cherche plus dans la liturgie traditionnelle le moyen de se satisfaire. Ceux qui se disaient à eux-mêmes ou murmuraient doucement à l'oreille d'un ami les sentiments rendus par Huysmans, se trouvèrent, en le lisant, soulagés d'un gros poids. Ils devinrent pour lui des lecteurs fidèles et dévoués.

Certains offices en plain-chant de la paroisse Saint-Sulpice, des pélerinages à des statues abandonnées de la Vierge, des visites aux sanctuaires du moyen âge égarés dans les vieux quartiers de Paris, l'assistance à une

17

cérémonie dans la chapelle de pauvres religieuses, la lecture de nos meilleurs écrivains mystiques et l'étude des monuments de notre grand art du XIIIᵉ siècle ou des œuvres des primitifs lui faisaient oublier les amertumes du dévotionisme et du rationalisme, dont s'accommode trop souvent une piété mal éclairée ou mal conduite. Il n'aimait rien tant que la psalmodie des heures canoniales et les chants liturgiques. Nous fûmes les témoins émus de sa joie pendant une semaine passée au monastère naissant de Saint-Wandrille. Les offices des quelques moines, travaillant à ramener la vie religieuse dans cette vénérable abbaye, n'avaient pourtant aucune splendeur. Tout y était d'une simplicité rudimentaire. Mais que de souvenirs accumulés dans le délicieux vallon ! On y a compté plus de quarante saints. Il y eut là une vie d'art intense, que des monuments délabrés attestent encore. On rêve volontiers à leur beauté de jadis à travers les ruines et le lierre du présent. La nature a ménagé autour de ces moines et de leur demeure le cadre qui leur convenait. Huysmans en saisit la grandeur et le charme. Le *Salve regina*, chanté à la tombée de la nuit, l'enthousiasmait. La promenade, après la messe du matin, sous les grands hêtres d'une allée, dominant les toits de l'abbaye et les ruines de sa basilique, l'aidait au recueillement et à la prière. Surtout il voyait de près, pour la première fois, une communauté de Bénédictins Il vécut presque de leur vie. Les moines, jeunes pour la plupart, l'accueillirent comme un ami et un frère. Il s'épanouit en leur société et put se croire transporté en plein moyen âge. On le vit de nouveau quelques mois plus tard ; il accompagnait l'abbé Ferret. Cette visite fortifia les impressions de la première. Elles furent durables et il tenait à les garder telles qu'elles. On l'invita dans la suite à renouveler ses visites. Ce fut peine perdue. Il craignait d'enlever à ses souvenirs de leur charme primitif. Ceux qu'il connut alors, et dont la physionomie et l'allure avaient dans ce souvenir une place marquée, furent toujours reçus chez lui à bras ouverts. Ils revenaient si volontiers sur les bons moments vécus auprès de Saint-Wandrille. Plusieurs, ils n'avaient été que postulants ou novices, lui revinrent sans le froc. Comme il les plaignait d'avoir abandonné le cloître. « Les malheureux, les imbéciles, aimait-il à répéter, ils ne savent ce qu'ils font. Où donc trouveront-ils autant de bonheur ? »

Durant son second voyage, on lui fit visiter les ruines grandioses du monastère de Jumièges. Dans l'enclos des moines, il aperçut de superbes allées formées par trois ou quatre rangées d'arbres robustes. Ce sont les allées dites d'Agnès Sorel. Rien ne permit de croire que leur vue l'ait sollicité plus que celle des deux tours romanes ou du chevet de l'église. Il en conserva néanmoins la vision avec une vérité frappante. Vous les trouvez décrites dans la *Cathédrale;* il en fait un des types offerts par la nature aux constructeurs de nos voûtes gothiques. La description ne saurait être plus précise. Je me permis plus tard de lui demander s'il était revenu à Jumièges. « Non, me répondit-il. — Comment donc avez-vous pu décrire aussi fidèlement l'allée? — Lorsque j'ai observé quelque chose, c'est fait pour dix ans. Je retrouve la vision telle qu'au premier jour, quand j'en ai besoin. »

Huysmans n'avait pas encore vu la liturgie célébrée avec tout l'éclat et la piété que peut y mettre le chœur d'une abbaye nombreuse. Saint-Wandrille n'était guère alors qu'une miniature de monastère. Il lui fallait voir Solesmes. Notre-Dame de Chartres, dont il était de temps à autre un dévot pélerin, le mettait presque à moitié route. Il se décida à continuer et, un jour, on le vit arriver à Saint-Pierre de Solesmes. Les moines, avec leur chant grégorien et leurs belles cérémonies, répondirent à son attente. Sous le froc, il rencontra des intelligences, sœurs de la sienne. Il se sentit compris et aimé. Le Révérendissime Père Dom Delatte fut très accueillant pour lui. Quelques religieux lui facilitèrent les recherches dans la bibliothèque. C'est le temps où son esprit courait à la recherche du sens mystérieux des symboles médiévaux. Il fut facile de lui en présenter la clef. Des textes peu connus de nos contemporains lui livrèrent les pensées intimes d'hommes qui avaient admiré les constructions ecclésiastiques de Chartres, de Paris, d'Amiens, de Reims, peu après leur dédicace, et saisi les leçons dont leurs ouvriers venaient à peine de les remplir. Un bénédictin, que l'âge et les infirmités retenaient sur un lit, sans interrompre pourtant sa lecture des écrits des Pères, l'initia au symbolisme des couleurs et des parfums. Il put feuilleter à Saint-Maur-sur-Loire les précieux recueils sur le symbolisme biblique formés par Dom Legeai. Ce fut pour lui une série de révélations, qui l'enthousiasmèrent, tant et si bien qu'il jugea ses lecteurs capables de partager ses propres sentiments.

Voilà pourquoi, dans la *Cathédrale*, il leur mit sous les yeux ses découvertes, telles qu'elles lui étaient apparues.

L'assistance aux offices et la fréquentation des moines pendant les visites qu'il fit alors à Solesmes eurent un effet imprévu. Il éprouva un attrait vers le cloître assez caractérisé pour faire songer à une vocation. Ce ne fut pas une velléité d'un instant, comme il en passe par tant de têtes. Cette pensée se changea en un désir, qui sembla prêt à durer. Il ne se faisait pourtant aucune illusion sur les sacrifices qu'il aurait à faire. La vie monastique serait incompatible avec la littérature telle qu'il la comprenait. N'importe ; il se sentait de force à immoler sa vocation littéraire avec sa propre personne. Cela répondait à un besoin impérieux de son âme, éprise d'une autre chose. On se montra à Solesmes d'une grande réserve à son endroit sur ce point. Il n'y avait à dire ni non ni oui. Le temps se chargerait d'éclairer la voie de celui qui cherchait exclusivement la volonté du Ciel. Des amis, et parmi eux des moines, lui disaient : « Vous n'êtes pas fait pour le cloître ; Dieu ne vous demande pas le sacrifice de votre art. Il vous a mis en main une force pour le servir et le faire connaître. Ne la perdez pas. Devenu religieux, vous n'auriez plus la liberté nécessaire à l'exercice de cette force. » Ces sages conseils lui causèrent de la surprise et de la peine. Mais il finit par se rendre à l'évidence. Le cloître n'était pas fait pour lui.

Il entrevit dès lors la possibilité d'une existence à la fois monacale et laïque, qui lui laisserait, avec certains avantages de la vie religieuse, la liberté personnelle dont il sentait le besoin physique et moral. Certains monastères

avaient eu jadis des *oblats* ; quelques-uns même
vivaient chez eux auprès de la demeure des moines. Les
liens qui les unissaient à ces derniers étaient d'ordre
purement spirituel. Il serait un moine laïc. Huysmans
crut un moment qu'il aurait des imitateurs. Dulac, le
peintre chrétien qu'une mort prématurée lui enleva,
entrait dans ses vues. Nous entrevîmes la possibilité
d'établir quelque part une colonie d'artistes oblats, une
sorte de béguinage de moines laïques. Le voisinage d'une
abbaye s'imposait. Huysmans eut préféré Solesmes. La
Providence en décida autrement.

Un de ses amis, qu'une pensée semblable travaillait
déjà, s'était réfugié à Saint-Martin de Ligugé. Ce fut
lui qui attira l'auteur d'*En Route* et de la *Cathédrale*.
Ils habitèrent durant quelques semaines deux chambres de
la maison d'un ouvrier, qualifiée pour la circonstance de
Villa Saint-Hilaire. Puis, Huysmans acheta un lot
de terre situé à mi-colline, en face du monastère. De
chez lui, il verrait le clocher, la nef de l'église et les toits
de l'abbaye; il pourrait apercevoir, à travers les peupliers,
sur les flancs du coteau opposé, la grotte où vécut un
saint du lieu, l'ermite Félix. Les souvenirs des saints
abondaient dans la région. C'est le jour de l'Assomption
que le marché fut conclu. Je l'entends encore me dire,
au retour de Poitiers : « La Vierge a tout arrangé. Je
commence ce soir mon prochain livre par ces mots : me
voilà propriétaire. » Il commença ses plans d'avenir. Ils
étaient fort simples. « Au fond d'un jardin, une maison
de curé de campagne avec des volets verts et une vigne
le long des murs, voilà tout ce qu'il me faut. »

Ce plan fut modifié. Il prit un architecte et l'architecte fit du style. La maison, *Villa Notre-Dame*, eut bon aspect. Le maître se vengea de l'architecture en choisissant lui-même les fleurs symboliques, qui ornèrent le sommet des colonnes de son portique. Deux chambres du premier lui furent réservées ; celle dont les fenêtres donnaient sur le monastère lui servit de cabinet de travail. M. et Mme Leclair, qu'il avait connus par l'abbé Ferret, habitèrent le rez-de-chaussée. A l'extrémité opposée de l'enclos, il se créa un jardin symbolique, dont un moine du ixe siècle, Wallafrid Strabon, lui fournit les données. Une fois installé dans son petit moustier, l'artiste, si Parisien cependant, s'y trouva chez lui et il y fut bien. La capitale ne le sollicitait plus. Deux courts voyages en deux années, et ce fut tout. Quelques amis venaient le voir. Landry, Girard, Descaves arrivèrent. Ce furent ensuite Forain, Talmeyr, Jules Bois. J'en oublie certainement. Chacune de ces visites avait son complément au monastère, où les moines étaient enchantés de recevoir à leur table les amis de leur oblat. Talmeyr et Descaves ont publié, dans le *Matin*, l'*Echo de Paris* et la *France*, sur ce pèlerinage à Ligugé, des articles qui méritent d'être relus.

Huysmans est resté à Ligugé un peu plus de deux ans. Sa vie a été un continuel sujet d'édification pour les religieux et les habitants du pays. On le voyait tous les jours, dès que la cloche annonçait la grand'messe, quelques minutes avant neuf heures, s'acheminer vers l'église, où il devançait les moines. Il se plaçait d'ordinaire sur une chaise en face de la chaire près du

23

banc-d'œuvre. Qu'il fût seul, qu'il y eût du monde autour de lui, il s'abîmait immédiatement en lui-même. Dès que l'office commençait au chœur, il le suivait avec son diurnal. Il avait un missel des fidèles pour mieux suivre les prières de la messe. Son attitude était celle d'un chrétien plein de foi, pénétré de la grandeur du mystère qui s'accomplit à l'autel. Il ne quittait l'église que après sexte, lorsque les moines étaient eux-mêmes sortis. Ils le retrouvaient, à sa même place, tout aussi recueilli, pour assister aux vêpres. Rien ne venait modifier cette règle de vie, ni les fortes chaleurs, ni le froid, ni les mauvais temps. Les curieux, qui affluaient en été, essayaient de l'observer ou de l'attirer. C'était inutile. Il avait l'art de les fuir. Quelquefois cependant, il acceptait volontiers qu'on lui présentât après les vêpres, au sortir de l'église, un hôte du monastère, ayant manifesté le désir de le connaître. L'abord était des plus faciles. Il savait mettre son monde à l'aise. Je sais quelques jeunes, se sentant de l'étoffe, qui ont tiré grand profit de ces entretiens.

Une fois par semaine, il entrait au cloître et s'en allait frapper à la porte du maître des novices. Les jeunes frères, qui eurent l'occasion de l'y rencontrer, nouèrent aisément connaissance avec lui. Quelques-uns furent de sa part l'objet d'une affection délicate et d'un dévouement plein de prévenance. On l'aimait aussi beaucoup au noviciat. Il y était traité en frère. C'est dans l'oratoire du noviciat qu'eurent lieu sa vêture et son oblation. Les jours de fête, quand il y avait encombrement à l'église, il suivait les novices après matines et faisait la sainte communion chez eux. Il ne faisait pas mauvaise figure

24

dans leurs rangs. Je dois dire que tout le monde trouvait cela naturel à l'abbaye. Nous aimions à le recevoir au réfectoire; il prenait alors part à la récréation. Ceux qui le connaissaient plus intimement se groupaient volontiers autour de lui.

Sa réserve vis-à-vis du monastère ne laissa rien à désirer. Il cherchait à s'instruire des choses de la liturgie. Rien ne l'intéressait davantage. La raison des cérémonies et des moindres usages ecclésiastiques piquait sa curiosité. Quand les livres de sa bibliothèque ne lui fournissaient pas une réponse satisfaisante, le moine qui le guidait le voyait venir avec sa question. Dès que le sens de la prière de l'Eglise et de sa vie se fut développé dans son esprit, il put se tirer d'affaire tout seul. Sa promptitude à tomber sur une pensée vraie me causa plus d'une surprise. Le flair de la tradition l'orientait. Tel passage de ses livres où sont exposés les merveilleux effets que produit dans les âmes l'assistance à la psalmodie donne la quintessence de la doctrine des Pères. « Comment avez-vous pu lire saint Augustin, saint Hilaire et d'autres encore, lui fut-il demandé, pour vous faire ainsi l'écho de leurs enseignements? — Je ne les ai pas lus. » L'expérience de la liturgie et des psaumes faisait jaillir en lui les sentiments que les chrétiens de tous les âges y ont puisés. Il faut pour cela autant de simplicité de cœur que de puissance d'assimilation.

Huysmans possédait ces deux qualités. Cet homme, qui paraît de prime abord dans ses livres si complexe et difficile, avait l'âme la plus simple du monde. Sa foi et sa piété étaient celles d'un enfant. Il voyait vite et droit la vérité; et il se jetait dessus. Ne lui demandez ni calcul ni raisonnement. Il a les intuitions géniales d'un grand artiste. Ratiociner lui pèse; c'est une méthode inférieure pour lui. « Vous vous trompez gravement, disait-il à un moine en présence d'un autre converti, lorsque vous cherchez à gagner les âmes par des discussions philosophiques. Vous n'y êtes pas. Votre apologétique ne sert de rien. Qui convertit-elle ? Voyons ! Si nous cherchions un système philosophique capable de satisfaire notre raison personnelle, croyez-vous que nous le demanderions à l'Eglise ? Il n'en manque pas de ces systèmes. S'il n'y en avait pas assez, nous en ferions un nouveau. Bien sûr, celui-là serait de notre goût. Ce qu'il nous faut, ce dont les âmes ont besoin, c'est de recevoir des principes d'une autorité qui les domine, de les recevoir par humilité sans discussion. C'est cette humiliation de notre intelligence devant Dieu qui nous est nécessaire. Quand c'est fait, un équilibre inconnu jusque-là s'établit en nous. Tout s'explique et s'harmonise. » Huysmans n'est pas le seul converti qui ait tenu ce langage. Ils tombent vite d'accord sur les principes et les faits devant lesquels il importe pratiquement de s'incliner. A un homme de lettres, qui lui soumettait certains scrupules dans lesquels il barbotait avant de faire dans la foi le dernier bond, il dit simplement : « Voyons, mon cher, vous croyez bien que le prêtre devant lequel vous allez vous agenouiller pour dire vos péchés tient la place de Notre-Seigneur Jésus-Christ et qu'il vous pardonnera en son nom. Vous croyez bien que, à la messe, le prêtre immole Jésus-Christ et que l'hostie avec laquelle il vous communiera, c'est Jésus-Christ lui-même — Oui, je le crois. — Eh bien! allez vous confesser et communier; tout s'arrangera. » Ce qui fut fait. La confession lui semblait l'une des institutions ecclésiastiques les plus opportunes et les plus bienfaisantes.

Je m'en voudrais de ne point rapporter une réflexion de Huysmans sur les moyens d'apostolat. « Les prêtres se donnent beaucoup de peine pour ramener les gens du peuple. Ils organisent des œuvres de toutes sortes. On ne voit pas trop quels sont les résultats obtenus. Il y aurait pourtant quelque chose à faire pour gagner ces pauvres gens. Mais pour cela, il faut bien les voir tels qu'ils sont. Ils viennent ici à Paris de leur province. Quand voient-ils le prêtre? Au moment d'un baptême, d'un mariage ou d'un enterrement; c'est-à-dire quand il faut passer à la caisse de la sacristie. Faites-leur croire après que la religion n'est pas une affaire d'argent! Mais qu'un prêtre aille s'établir dans leur quartier, qu'il vive pauvrement et laborieusement comme eux; qu'il soit bon et serviable et par là leur fasse apprécier la religion, vous verrez les préjugés s'évanouir les uns après les autres. Le P. Chevrier employait ce système à Lyon. Mais c'était un saint. » Huysmans fit la rencontre dans les dernières années de sa vie d'un prêtre de cette trempe, qui opérait au milieu des chiffonniers de Clichy. Il lui donna toute sa confiance et se sentit particulièrement heureux d'être préparé à la mort par lui.

Les ecclésiastiques de passage à Ligugé demandaient souvent à le saluer. Il les recevait toujours avec plaisir. Les hommes, animés d'un grand esprit de foi, les prêtres, comme il disait, lui allaient au cœur. Plusieurs de ceux qui l'abordèrent avaient contre lui des préventions. Il suffisait d'un entretien pour les dissiper. On ne pouvait, en effet, l'approcher sans constater sa parfaite droiture et la vivacité de sa foi chrétienne. La conversation roulait sur toutes sortes de sujets. Ils se trouvaient d'accord avec ceux de l'ancienne école pour les idées; Mais son style ne leur allait pas. Les jeunes, qui s'accommodaient de son art, tournaient le dos à ses idées. « Me voilà entre les deux, disaient-ils. Comment faire ? » Le fait est qu'il eut des amis et des admirateurs dans les deux camps. Un de ses visiteurs lui disait un jour sa peine de le voir dédaigner nos meilleures traditions littéraires. « Lesquelles ? lui demanda-t-il. — Celles du grand siècle, du XVIIᵉ. — Eh bien ! je suis, moi, pour celles du XVᵉ et du XVIᵉ siècles. Ma tradition est donc antérieure à la vôtre. »

Il se fit des amis dans le clergé poitevin. Un secrétaire général de l'évêché, le directeur de la maîtrise et le directeur de l'école cléricale venaient le voir assez fréquemment; leurs visites lui étaient agréables. Les catholiques de Ligugé et du voisinage lui firent très bon accueil. Ils auraient volontiers entretenu avec lui des relations suivies. Mais, par tempérament plus que par calcul, il se tint à l'écart. C'était un timide tant soit peu sauvage. La société lui faisait peur. On a cru voir du dédain chez lui. Non. Ce qu'il a fait à Ligugé, il l'avait fait à Paris; il ne changea point dans la suite.

C'est à Ligugé qu'il composa *Sainte Lidwine de Schiedam*. On ne se doute pas du soin qu'il mettait à se

28

documenter. Les érudits de profession lui reprocheront sans doute de n'avoir pas recherché la valeur intrinsèque des documents qu'il utilisait. « Je les trouve dans les Bollandistes ; les auteurs sont du temps de la sainte ; ils l'ont connue. On ne peut pas en demander davantage, » disait-il à ces critiques. Les vies originales de Lidwine lui ont fourni une multitude de traits dont il a tiré un parti extraordinaire. On a la sainte sous les yeux ; on la voit souffrir. Le docteur Raymond, de la Salpétrière, a pu, grâce à la description due à la plume de l'artiste, donner une consultation sur le cas de son héroïne, comme s'il se fût agi d'une malade de son service. Cette reconstitution ne se fit pas sans peine. L'existence miraculeuse de cette sainte lui montre en exercice sa doctrine préférée de la substitution. Les tortures de la vierge de Schiedam s'expliquent à la lumière de cette vérité. Mais elle ne fut pas seule à jouer le rôle de victime. La France, l'Italie, l'Allemagne lui envoyèrent des coopératrices. Ce furent des femmes. Elles sauvaient le monde, pendant qu'une autre femme, Jeanne d'Arc, opérait avec son glaive et par son martyre le salut de la France. Quel monde et quelle France ? Huysmans avait à en dire des horreurs. Il en profita pour tracer de main de maître l'un des plus saisissants tableaux d'histoire sorti de la plume d'un écrivain. Que de lectures il lui fallut faire pour cela ! L'artiste s'est montré là encore tourmenté par le besoin de la précision.

Huysmans éprouva bien quelques déceptions à Ligugé. Son projet de colonie d'artistes oblats ne reçut pas même un commencement d'exécution. Son existence chez lui, hors du cloître, lui donnait de grands avantages; mais ce n'était pas la vie religieuse. Ce simple rôle de spectateur laissa quelque froid dans son âme. Un esprit tel que le sien avait dû entrevoir les moines au travers d'un nimbe surhumain, qui leur donnait l'air d'avoir pour eux les dons du Ciel et de la terre. Or les moines sont des hommes tout comme les autres. On trouvera sans doute trace de ces désillusions dans quelques-unes de ses lettres. Cela ne l'empêcha point de conserver au monastère et à ses habitants un grand respect et beaucoup d'affection. Dans l'une des dernières lettres qu'il ait dictées, il rappelait son séjour à Ligugé comme le plus beau temps de sa vie.

Mais l'*Oblat*, me direz-vous? J'attendais ce mot, cette question. Permettez-moi, avant de répondre, de rappeler certains faits qui ont leur importance. Lorsque Huysmans se fixa auprès du monastère de Ligugé, la France était en pleine affaire Dreyfus; Waldeck-Rousseau allait bientôt prendre la direction du ministère; la persécution religieuse ne devait pas se faire longtemps attendre. Tout s'en ressentait à Paris et en province. Les moines de Ligugé ne tardèrent pas à s'en apercevoir. Leur église était paroissiale, et l'un d'eux remplissait les fonctions de curé. Cette situation déplaisait au gouvernement. Pour prévenir des ennuis plus graves, Mgr l'évêque de Poitiers, d'accord avec l'abbé du monastère, chargea un prêtre séculier du service paroissial. Ce changement bouleversa quelque peu les idées et les habitudes pieuses de Huysmans, dont la maison se trouvait sur la paroisse. Il n'eut plus, les dimanches, la satisfaction d'entendre la grand'messe et les vêpres des moines, qui, ces jours-là, célébraient leurs offices dans un oratoire interdit au public. Ce ne fut pas son seul ennui. L'état d'esprit, qui aboutit au vote de la loi sur les associations et à la dispersion des ordres religieux, et ses diverses manifestations ne purent que l'impressionner vivement. Comme beaucoup d'autres, il chercha les causes d'un tel bouleversement! Cent problèmes surgirent devant son esprit, et les solutions ne se présentèrent pas. La situation des moines de Ligugé et les événements qui se passaient autour d'eux se confondirent avec la situation générale des monastères et des Eglises de France. Des faits, restreints à une localité, furent saisis par lui en des observations qui embrassaient tout le pays. Ajoutez à cela que la persécution ne l'atteignait pas seulement comme chrétien. Il allait en souffrir personnellement, tout aussi bien qu'un moine. C'était un bouleversement complet pour son existence. Personne ne suivait avec plus d'attention les phases de la politique française. Sa connaissance des hommes et des situations lui permettait des réalités, qui échappaient à beaucoup.

Il crut un instant pouvoir rester à Ligugé après la dispersion des religieux. Quelques moines désiraient continuer sur place, avec les oblats laïques, le service de la louange divine et leur travail dans des conditions compatibles avec les exigences de leur vie. La maison de Huysmans devait être le foyer de cette communauté. Il avait pris ses mesures; la chapelle était choisie. Mais cette reconstitution de communauté causa des inquiétudes; des laïques prudents y virent un danger pour la société civile, qui possédait l'abbaye et ses dépendances.

Ils avaient raison. Ces déceptions, en s'ajoutant les unes aux autres, finirent par agacer l'artiste. On a voulu trouver des traces de cet énervement dans l'*Oblat*. Elles y sont peut-être. Est-ce un mal? Un artiste tel que Huysmans ne pouvait se dispenser de vibrer dans son livre sous l'impression des événements vécus. Ceux qui ont su le lire ne lui en garderont pas rancune; loin de là. J'ajoute que l'*Oblat* emprunte à cette circonstance un intérêt historique, que l'on chercherait vainement dans *Là-Bas*, *En Route*, et la *Cathédrale*. Les historiens, qui auront à s'occuper de la destruction des ordres religieux en France au commencement du XXᵉ siècle, le consulteront avec profit. Il aura pour eux la valeur d'un document. On ne songera guère à y trouver les portraits de quelques moines et de leurs voisins nobles ou paysans; ce sont des riens auxquels des contemporains immédiats ont ajouté plus d'importance qu'il ne convenait. L'*Oblat* est mieux qu'une galerie de tableaux, gardant l'image plus ou moins fidèle de quelques coins d'une abbaye poitevine et le souvenir d'anecdotes de village et de cloître. Qui s'arrête à ces recherches étranges fait preuve d'une entière incompréhension de ce qu'est une œuvre d'art, surtout quand l'artiste est Huysmans.

Huysmans a eu la mauvaise fortune, après sa conversion, de tomber sur une catégorie de lecteurs, que rien ne préparait à le comprendre. C'étaient des hommes et des femmes, des prêtres souvent, pour lesquels des éditeurs débitent leurs « bons livres ». Ils ont crié au scandale, en lisant l'*Oblat;* ils ont plaint de tout cœur ces pauvres moines tournés en ridicule par un romancier. Cela vous a peut-être étonnés. Vraiment il n'y a pas de quoi. Cela devait arriver. Mais le bruit de ces scandales est tombé et il reste un chef-d'œuvre, où l'ordre bénédictin se trouve glorifié. Voilà ce qui importe. Les plaintes des faibles scandalisés ne valent pas la peine d'un souvenir.

Vous avez tous lu le récit de ce pauvre monastère en déroute, et assisté aux angoisses de Durtal. Sa dernière prière retentit encore à vos oreilles. Vous emportez avec vous l'image vivante de quelques années passées à suivre la liturgie de l'Eglise et à connaître ceux qui la pratiquent. Vous vous demandez alors pourquoi Huysmans n'a point voulu partager l'exil de ceux qu'il aimait tant. Mais il ne le pouvait pas. Je ne le vois guère affrontant les incertitudes des installations à l'étranger. Il revint à Paris, où il vécut en oblat, d'abord au 20 de la rue Monsieur, puis au 60 de la rue de Babylone, et enfin au 31 de la rue Saint-Placide. Le projet d'un béguinage d'oblats bénédictins le poursuivait encore. Il ne lui fut point donné de le réaliser. Ce ne serait pourtant pas une chimère. Qui sait ? L'avenir nous réservera peut-être de voir cette adaptation de la vie monastique aux circonstances que l'Eglise traverse en ce moment.

Huysmans fréquenta longtemps la chapelle des Bénédictines. Il se réfugia plus tard dans celle de l'Abbaye-au-Bois. On le voyait dans quelques églises de son quartier chercher, au pied d'un autel de la Vierge, une chaise pour assister tranquillement aux offices. Le culte filial qu'il avait pour la Madone, eut dans sa piété et dans sa vie une place toujours plus grande. Ses manifestations à Notre-Dame des Victoires, à La Salette et à Lourdes faisaient souvent l'objet de ses entretiens. « Ce sera mon prochain livre » disait-il. C'est ainsi qu'il fut amené intérieurement à écrire les *Foules de Lourdes*. Il méritait de terminer sa carrière d'écrivain par ce beau livre en l'honneur de Marie.

La rédaction de ce livre fut, sans qu'il en eut conscience, une lente préparation aux douleurs et à la mort. Il souffrit de maux de dents et de névralgies; l'état de sa poitrine lui imposait des ménagements fort ennuyeux. Il fut des semaines sans pouvoir quitter la chambre. Les épreuves des *Foules de Lourdes* n'étaient pas entièrement corrigées, quand il se déclara une maladie nouvelle. C'est par les yeux que l'écrivain fut pris. Impossible de mettre la dernière main à son œuvre. Les médecins le condamnèrent, durant des mois, à un repos complet dans les ténèbres. La lumière du jour lui devenait insupportable. Comment va-t-il se résigner à cette inactivité et aux douleurs, qui lui bouleversent le système nerveux, se demandaient quelques-uns de ses amis? Il trouva dans sa foi religieuse le courage de tout endurer. « La Sainte Vierge a ses desseins, disait-il. Elle ne veut pas que mon livre paraisse en ce moment. Bonnefon vient de publier sur Lourdes une œuvre infâme. Mon livre l'eût aidé à lancer le sien. Le mien ne peut paraître. Il en sera pour sa peine. » Le livre de Bonnefon fut, de fait, enterré dans le silence. Huysmans, lui, souffrait tranquille et joyeux, abandonnant à la Vierge le soin de sa personne. Il laissait les médecins lui prodiguer les prescriptions qu'il suivait tant bien que mal, sans grande

34

confiance dans leur art. Il s'en fallut de peu, tout de même, qu'il ne perdît complètement la vue. La Vierge finit par le prendre en pitié. Un beau matin, c'était le lundi de Pâques, le docteur vint pour un pansement. Son malade avait quitté le lit. Il le trouva dans son cabinet de travail, assis et la plume à la main. « C'est une guérison liturgique, disait-il. Elle a eu lieu en la fête de Pâques. »

Huysmans se remit aussitôt à la correction de ses épreuves et les *Foules de Lourdes* furent bientôt lancées. L'auteur ne devait pas jouir longtemps de son succès. Il dut passer l'été hors de Paris. Dès son retour, de nouvelles souffrances l'assaillirent. C'était le prélude du mal terrible qui allait l'emporter, le cancer. Les médecins ne se faisaient aucune illusion. Le patient s'abandonna à la maladie. « Je n'y comprends rien; les médecins n'y comprennent pas davantage. » Il le croyait du moins. « Le bon Dieu m'envoie cette maladie pour le bien de mon âme. Je n'ai qu'à la laisser faire son œuvre. » Sa résignation fut d'abord joyeuse. « Je me repose d'une souffrance par une autre, remarquait-il. C'est le soulagement dans la variété. » Au milieu de ses douleurs, il avait des élans de foi et de charité qui touchaient par leur sincérité toute spontanée. L'arrivée d'un ami lui causait une joie très visible; il l'entretenait comme si son mal ne le torturait pas. Mais, après le départ, il fallait payer ce moment de détente. La communion fut sa force. Il espéra quelque temps guérir à Pâques. Pâques vint et il ne fut pas guéri. Il n'eut dès lors d'autre idée que celle de sa fin. « Je ne demande ni à guérir ni à mourir

35

Dieu est le maître. La souffrance a son travail à faire dans mon âme. Quand ce sera fini, la mort n'aura plus qu'à venir. « Jamais une plainte ne sortait de ses lèvres. Ceux qui le soignaient et les intimes admis à le voir admiraient sa force d'âme. « Il vit ses plus belles pages sur la Douleur » se disaient-ils entre eux. Le patient le comprenait : « On verra que je ne me suis pas borné à faire de la littérature : j'ai dû vivre mon œuvre. »

Il a été l'artiste de la douleur chrétienne. Ce qu'il en a écrit est la partie de son œuvre qui durera le plus. Forain disait au soir de ses obsèques : « Les écrivains sont vite oubliés après leur mort. Qui parle de Zola et de tant d'autres? Il n'en sera pas de même de Huysmans. Il a remué des idées qui sont de toujours. Son œuvre durera. » C'est parfaitement vrai. La pensée de ses propres douleurs, souffertes avec résignation, augmentera la force pénétrante de son art. Du fond de son sépulcre, il fera du bien.

Le voilà désormais dans le repos de Dieu. Il nous laisse ses œuvres et le souvenir des dernières années de sa vie. C'est une partie de lui-même. De lui, il reste encore une correspondance dans laquelle on retrouve ce que son âme avait de plus intime. Je lisais ces jours-ci une lettre, datée de 1898. Elle était adressée à un séminariste qui venait de lire *En Route*. L'idée du cloître le hantait. La réponse de Huysmans dénote un sens chrétien très développé. Un prêtre pourrait la signer. Elle est écrite dans une langue qui supporte la comparaison avec les plus beaux passages d'*En Route* et de l'*Oblat*. Mgr Delassus, qui l'a publiée dans la *Semaine religieuse*

de Cambrai, exprimait un vœu auquel je m'associe :
« Si Huysmans a écrit beaucoup de lettres de ce genre,
qu'on se hâte de les publier; elles feront plus de bien que
ses livres. »

HUYSMANS, ARTISTE DE LA DOULEUR CHRÉTIENNE.

UYSMANS était par tempérament un
sensuel. Aucun écrivain de notre époque
n'a pourtant subi au même degré l'influence du majestueux mystère de la
douleur. Il s'est imposé à lui, dès avant
sa conversion, pour le jeter dans un pes-
simisme sombre. La foi chrétienne, à laquelle il livra
son cœur avec une simplicité d'enfant, le lui fit envisager
sous un autre jour, le seul vrai. Il vit la douleur par en
haut à la lumière sereine que Jésus crucifié répand sur
elle. Il l'accepta avec soumission et il finit par l'admirer et
par en saisir la vérité profonde.

Dieu a placé la douleur partout. Elle est devenue
nécessaire. C'est une anticipation dans la vie du sacrifice, la mort, qui la consomme. Nous la trouvons au
cœur de toutes les religions. Seul le christianisme a su
la montrer dans toute sa grandeur. Nous savons par
lui qu'elle est le juste châtiment du péché et la communion intime à l'œuvre rédemptrice du Sauveur. Voilà
pourquoi on la trouve partout. Elle est nécessaire à la
consécration et à la fécondité de tout ce qui se fait de
grand et d'utile. Les peuples sont soumis à ses exigences
impérieuses comme les familles et les individus. Ils ont
beau se révolter contre elle et entraîner dans leur conju-
ration toutes les ressources de la nature mises en œuvre
dans une civilisation matérielle par les énergies de la
science, elle ne perd aucun de ses droits. Chassée sur
un point, elle reparaît sur un autre, plus impérieuse. Et,
chose qui nous déconcerte, Dieu s'est réservé le soin
de la distribuer comme bon lui semble, en dépit de nos

prétentions de soumettre tout à nos idées préconçues de justice individuelle. Dieu sourit des sociologues et des philosophes qui cherchent à lui imposer leurs lois, et il continue à planter la croix dans les cœurs, dans les foyers, dans les nations.

L'Eglise, qui vit de la pensée divine, a toujours incliné l'intelligence et la volonté de ses enfants devant la croix. Par ses théologiens et par ses mystiques, elle la leur montre comme une extension de la Croix du Calvaire. Son dogme de la Communion des Saints, — Huysmans la traduisait d'un mot expressif, la substitution, — leur en révèle l'utilité religieuse et sociale. Son enseignement sur la vie future la leur montre comme une semence de gloire incomparable.

Huysmans, à qui le Seigneur avait donné cette simplicité de l'enfant, qui est la perfection de la sincérité, s'abandonna en toute confiance aux leçons des mystiques. Il les aima. Sa puissance artistique lui fournit le moyen de les traduire dans des pages impérissables. Qu'on lise *En Route, La Cathédrale, L'Oblat, Sainte Lidwine* surtout, et *Les Foules de Lourdes,* on y recueille à chaque instant, et parfois aux moments les moins prévus, l'écho des sentiments que cette pensée de la douleur évoquait en son âme. Il excellait à peindre les souffrances physiques et à rendre sensibles les angoisses du cœur. Quelques uns en font honneur à son merveilleux talent d'écrivain. Je ne veux pas diminuer la part qui revient à l'artiste. Mais il est des choses que l'artiste ne peut rendre, s'il ne les a longtemps vécues.

Huysmans vivait ce mystère de la douleur chrétienne

42

par sa piété. Ce mot n'est pas excessif, je l'emploie en connaissance de cause. Il avait le culte de la Vierge des douleurs. Je voudrais citer, si le temps me le permettait, ce qu'il a écrit dans l'*Oblat* sur les souffrances de Notre-Dame pendant la passion. Ceux qui ont douté de la sincérité de sa conversion ne les ont évidemment pas lues. Le culte filial de Marie au Calvaire ne se contrefait pas. Il est le privilège et le Signe distinctif des âmes qui sont en plein dans la vie chrétienne. C'est ce même sentiment qui l'incline, comme à son insu, vers les saints et les saintes, qui ont eu sur terre la mission de continuer Jésus Crucifié. Il lui a inspiré cette galerie de *primitifs*, dont la suite forme l'admirable livre qu'est *Sainte Lidwine de Schiedam, Les Foules de Lourdes* sont elles-mêmes pleines de cette pensée; l'auteur aurait pu emprunter un titre bien vrai aux litanies de la Sainte Vierge. Elle s'y manifeste *Salus infirmorum, Consolatrix afflictorum*.

Le culte de Huysmans pour les Saintes de la douleur chrétienne n'avait d'égal que son amour de la liturgie. Ses relations monastiques, qui ont tenu tant de place dans son existence, participaient à ce double sentiment. C'est la liturgie qui l'attira vers les Bénédictins. Je dois à sa mémoire de dire ce que fut *ce moine laïc*; je le dois aussi à l'honneur de Saint-Benoît, qu'il aima comme un fils aime son père. C'est une dette dont je me suis efforcé de m'acquitter en la conférence qui précède ces lignes écrites presque sous le coup de la mort de Huysmans survenue le 12 mai 1907. Un de mes confrères, qui fut pour lui un ami des plus intimes, Dom Antoine du Bourg devait, un peu plus tard, de son côté, raconter ce que furent les derniers mois de sa vie. Ils furent le *Dernier livre* de Huysmans. S'il ne l'a pas écrit, celui-là, il l'a vécu, ce qui vaut mieux. Dans cette œuvre suprême, que fut sa longue agonie, il a été le moine crucifié, l'homme de la souffrance, en un mot l'admirable artiste de la douleur chrétienne.

Les Trappistes, les Carmélites et les Clarisses étaient, avec les Bénédictins, les familles religieuses préférées de Huysmans. Ces hommes et ces femmes, voués à une vie pénitente, lui apparaissaient comme les paratonnerres du monde. Leurs prières et leurs austérités maintenaient un certain équilibre entre le bien et le mal. C'est la substitution en exercice.

Les interprètes de la pensée catholique n'ont jamais manqué au devoir de prêcher à leurs contemporains ces austères enseignements de la souffrance. Mais qui les écoute de nos jours? Il y a mieux. Nous sommes descendus assez bas pour entendre des hommes qui pensent en catholiques, présenter aux Français du vingtième siècle, ces éternelles vérités comme surannées et propres à éloigner plus encore les incroyants du Catholicisme. Non, leurs efforts seront vains; ils ne changeront rien à l'ordre établi par Dieu. La souffrance gardera sa place. L'Eglise continuera de donner aux chrétiens le moyen de la sanctifier et de l'utiliser. Huysmans s'est tenu au plus intime de sa tradition. La pensée catholique est arrivée par ses écrits à une foule d'âmes qui en sont devenues meilleures. C'est ce qu'il appréciait le plus de toute son œuvre littéraire. Le bien qu'il a commencé se poursuivra.

Longtemps après sa mort, ceux que la Croix marquera de son empreinte, lui demanderont le Chemin qui mène à Celui qui est la source de la vie et de la force. Ils n'auront qu'à suivre son exemple.

IL A ÉTÉ TIRÉ DE CET OU
VRAGE DIX EXEMPLAIRES
SUR PAPIER A LA FORME
DU JAPON NUMÉROTÉS DE
I A X ET CENT EXEMPLAI
RES SUR PAPIER VERGÉ
D'ARCHES NUMÉROTÉS DE
1 A 100, QUE L'ON ACHEVA
D'IMPRIMER LE 30 NOVEM
BRE 1917 SUR LES PRESSES
DE LÉON PICHON POUR
L'ART CATHOLIQUE.

CE LIVRE SE VEND
DEUX FR. CINQUANTE

www.ingramcontent.com/pod-product-compliance
Lightning Source LLC
Chambersburg PA
CBHW070811260626
47161CB00006B/2246